LA OCA
LUCÍA

DANNY BAKER

Ilustraciones:

PIPPA CURNICK

Picarona

La oca Lucía vivía sola en una casa en el corazón del bosque.
Había vivido sin compañía desde que era capaz de recordar,
y nunca había conocido ni hablado con otro animal.

Un día, creo que fue un martes,
Lucía se encontraba en su jardín, regando las zanahorias,
cuando un lobo surgió de entre los oscuros árboles.
Caminó de puntillas hasta Lucía y dijo...

—Disculpa —dijo Lucía—.
¿Qué has dicho?

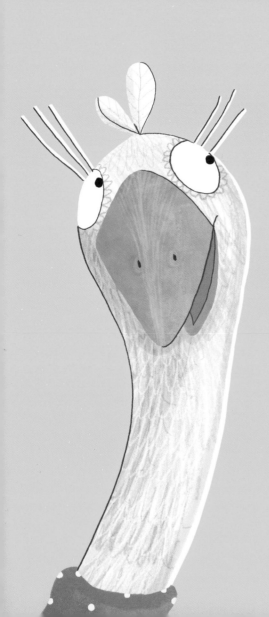

—¡Groarrrrr!
—repitió el lobo.

—¿Groarrrrr?
—preguntó Lucía, confundida—.
¿Qué significa groarrrrr?

—Pues, no sé, groarrrrr es
groarrrrr —respondió el lobo—.
Tú tienes que correr y yo
perseguirte. Pero antes tengo
que decir groarrrrr.

–No seas bobo –dijo Lucía con una sonrisilla–.
No voy a hacer eso. Tienes un aspecto agradable,
eres como una gran salchicha peluda.
¿Te gustaría entrar en mi casa
y tomar un poco de té y
un trozo de pastel?

—¡No, no, no! —gruñó el lobo, dándose media vuelta y caminando de nuevo hacia los árboles.

—¡No puedo tomar pastel con una oca!
¡Así no es como se supone que tendría que ser!

Y, finalmente,
se marchó.

Lucía estuvo pensando
en el lobo durante un rato,
pero pronto la distrajo
la importantísima tarea
de recoger fresas.

Entonces, un enorme
oso surgió de entre
los oscuros
árboles...

—¿Cómo dices? –preguntó Lucía.

—¡GRRRRRR!

–repitió el oso, esta vez enseñando
un poco más sus garras.

—Ya veo –dijo Lucía–.
Lo siento, pero no se me da muy bien
que me asusten.

—Está bien. Mira, yo gruñiré otra vez
y tú gritas y empiezas a correr,
¿vale? –sugirió el oso.

–No, gracias –respondió la oca Lucía–.
Tú también pareces muy agradable,
como un abrigo de invierno calentito.
Si te apetece pasar a tomar el té
y un trozo de pastel, eres bienvenido.

—No, no, no. —sollozó el gran oso, dándose media vuelta y caminando de nuevo hacia los árboles—. ¡No puedo tomar pastel con una oca! ¡Así no es como se supone que tendría que ser!

Y, finalmente,
se marchó.

Lucía estuvo pensando
en el oso durante un rato.
Y todavía se acordaba del lobo.
Pero finalmente tuvo que ocuparse
de la importantísima
tarea de recoger flores.

Entonces, un león surgió de entre los oscuros
árboles, sacudiendo su melena al mismo tiempo
que ponía cara de malote...

–¡Oh, no!
–dijo Lucía–.
Otra vez no.

El león no podía
recordar a NADIE
que no hubiese echado
a correr entre gritos
después de uno de sus
temibles rugidos.

–Sí, de acuerdo. Ya sé lo que quieres –dijo Lucía–.
Tú ruges, yo corro y tú me persigues. Pero es que NO estoy asustada.

–Todo el mundo huye
de los leones –insistió el león–.
Así que, vamos a ver.
¿Vuelvo a rugir
y empezamos desde
el principio?

—Lo siento, león –dijo la oca Lucía intentando ser amable–.
Eres el primer león que conozco y pareces bastante agradable,
como una vieja alfombra mullida. ¿Por qué no entras
y tomas un poco de té y un trozo de pastel?

—No, no, no! —bramó el león, dándose media vuelta y caminando de nuevo hacia los árboles—. No puedo sentarme a tomar el té con una oca. ¡Así no es como se supone que tendría que ser!

Y, finalmente, se marchó.

Lucía estuvo pensando en el león durante un rato.
Y todavía se acordaba del lobo y del gran oso.
¿Por qué, se preguntaba, estaba siempre
todo el mundo tratando de asustar a los demás?

Entonces, una oca apareció
en el claro del bosque.

–¡Gracias a Dios! –dijo Lucía–.
Tú no vas a gritar
groarrrrr, ni **grrrrrr**
ni **rrroarrr**,
¿verdad?

–Eh... No –dijo Carioca nerviosa–.
Como puedes ver, soy sólo una oca,
como tú. La oca Carioca. Y nadie se asusta
de las ocas.

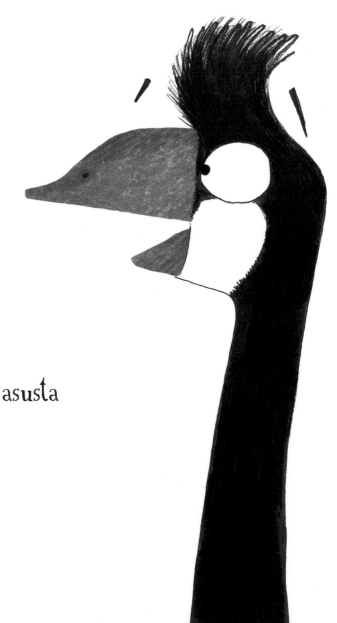

–¡Pues qué alivio! –dijo Lucía–.
Entra, tomaremos un poco de té y de pastel.
¿O tú también crees que no es así como deberían
suceder las cosas?

–¡Me encantan el té
y los pasteles! –dijo Carioca, sonriendo.

Carioca siguió a Lucía a través de un bello sendero rodeado de lindas flores
y sobre el ruidoso cauce, que los apremiaba a pasar deprisa
sobre el lecho de piedras de colores.

Pasaron bajo un arco hecho con flores de jazmín,
y llegaron a la casa...

...justo entonces, algo pasó por delante de ellos tan rápido como un rayo.

Era el oso.

Luego, algo pasó por delante de ellos tan rápido como un avión.

Era el lobo.

Luego, algo pasó por delante de ellos tan rápido como un león.

Era el león.

Todos corrían a casa de Lucía.

—¿Habéis cambiado de idea? —preguntó Lucía feliz,
pero un poco desconcertada.
—Sí —dijo el lobo—. ¡Me he acordado de que me gusta el té!
—¡Muchísimo! —añadieron el oso y el león—. Y nos encanta el pastel.

—Uhm... —dijo Carioca, nerviosa.

—¡Es estupendo! —celebró Lucía—. Podéis quedaros tanto rato como deseéis.

—Oh, lo haremos... —dijeron sus nuevos amigos—. Lo haremos...

Escrito para mis eternos pequeñines, a los que tantas veces se lo conté:
Bonnie, Sonny y Mancie (¡Bon Bon, Matey y Moo!). –D.B.

Para Jaw y Dard, Marion e Ian: niñeras en jefe.
Y para Roux: bebé en jefe. –P.C.

Puedes consultar nuestro catálogo en www.picarona.net

La oca Lucía
Texto: *Danny Baker*
Ilustraciones: *Pippa Curnick*

1.ª edición: marzo de 2019

Título original: *Lucie Goose*

Traducción: *David Aliaga*
Maquetación: *Montse Martín*
Corrección: *Sara Moreno*

© 2017, Danny Baker & Pippa Curnick
(Reservados todos los derechos)
Primera edición publicada por Hodder and Stoughton en el Reino Unido en 2017.
© 2019, Ediciones Obelisco, S. L.
www.edicionesobelisco.com
(Reservados los derechos para la lengua española)

Edita: Picarona, sello infantil de Ediciones Obelisco, S. L.
Collita, 23-25. Pol. Ind. Molí de la Bastida
08191 Rubí - Barcelona
Tel. 93 309 85 25 - Fax 93 309 85 23
E-mail: picarona@picarona.net

ISBN: 978-84-9145-220-1
Depósito Legal: B-24.436-2018

Printed in China